安徒生
的
童話旅程

文／海茲・雅尼許 Heinz Janisch

圖／瑪雅・卡斯特利奇 Maja Kastelic

譯／游珮芸

最美妙的童話，就是人生旅程本身。

—— 漢斯 · 克里斯汀 · 安徒生

你很老了嗎？

寶貝，不可以問
這種失禮的問題！

請原諒我女兒，
她年紀還小。

沒關係，我喜歡會問問題的小孩，
我一向樂於跟有好奇心的孩子聊天。

你想知道，我很老了嗎？
我跟小時候的我一樣年輕，
也跟你看到的一樣，
已經很老了。

所以你很年輕，也很老囉？　　　　　　　　　　　　　　　　應該是吧。

我叫做艾莎，
今年七歲。

我和媽媽要去哥本哈根，
我很想去那裡，還帶了一本
有關哥本哈根的書呢！
你也喜歡看書嗎？

你會寫書嗎？

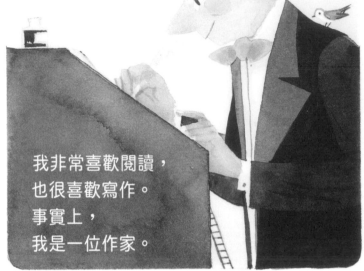

很高興認識你，我的名字叫做
漢斯・克里斯汀・安徒生。
很榮幸與你們一同
搭乘馬車。

我非常喜歡閱讀，
也很喜歡寫作。
事實上，
我是一位作家。

我寫的故事，有時候的確會出版成書。
我特別喜歡寫童話故事。

我最喜歡童話故事了！
你可以講故事
給我聽嗎？

馬車經過一處顛簸的路面，車輛晃動著，乘客們也跟著搖晃。

我可以跟你說一個特別的童話故事。

哪一個？

這是一個小男孩學飛的故事。
安徒生清了清喉嚨，開始說故事了。

從前有個小男孩叫做漢斯，他的童年彷彿破了很多大洞，
洞口還吹來陣陣冷冽的寒風。

他出生在丹麥的一座小島上，生活十分清苦。

他住的小鎮，有時會出現一個
兜售自製木頭玩偶的老人。

老人的帽子上插著花朵，嘴裡哼唱著奇怪的歌曲。

這位白髮老人就是漢斯的爺爺。生活的困頓和壓力，讓他變得有點古怪。

食物短缺，很多人都餓肚子。
如果能找到工作，就算薪水很少也要心懷感激。

漢斯的父親是一位鞋匠，
他靠幫人修補破鞋維生。
他的工作室同時也是
全家人的客廳和臥室。

漢斯的父親，從早到晚都坐在一張小木椅上工作，
處理成堆等著他修補破洞的舊鞋，補也補不完。

傍晚時分，他會把那些鞋子
移到一旁，吃一小片麵包
和一碗沒什麼料的湯，
然後拿出一本厚厚的童話故事書。

漢斯的父親大聲念著童話故事，
漢斯聽到入迷，
興奮得連臉頰都發光了。

童話故事是一個神奇的世界，
充滿了各種可能性。

故事裡有公主和王子，也有皇后和國王，
會發生許多奇妙又美好的事情⋯⋯

另一個魔法世界，是木偶劇場，那是漢斯的父親特地為他製作的。
漢斯的父親甚至為木偶縫製衣裳，表演偶戲給漢斯看。

所以，漢斯長大以後，
成為一個寫劇本和故事的人，
就沒什麼好驚訝的囉。

父親的童話書籍，
給了他一雙翅膀，
謝謝那些故事，
讓他學會了飛翔。

為了賺更多錢照顧家人，漢斯的父親決定加入軍隊。

但從戰場回來之後，他變得又病又累。

整個晚上，家人聽到他不停咳嗽，還發燒說夢話。

然後，他又再次坐到那一堆破鞋子前面。

他經常夢見又回到戰場，不得不在冰雪中行進。
有天晚上他說：「我看見冰上少女了！她來接我了。」

不久，漢斯的父親就過世了。

漢斯那時候十一歲，他的母親和祖母窮到幾乎沒有錢。

真是悲傷的故事，
有沒有幸運的事
發生在漢斯身上呢？

喔，有的！事實上那真是非常美好的事。

漢斯十四歲的時候，丹麥皇家劇團從哥本哈根來到他住的小鎮表演。

年輕的漢斯不僅很興奮的觀賞每一場表演，甚至登上舞臺，飾演牧羊人。

從那一刻起，他找到了自己想做的事。

他想要唱歌、跳舞，想在舞臺上表演。他想要成為演員！

所以，他決定要到哥本哈根參加劇團。

每個人都嘲笑他，但沒有任何人能阻止他。
他的母親最後也答應了。

口袋裡只裝了十三枚硬幣，帶著一個小包袱，
年輕的漢斯就啟程前往哥本哈根了。

「但願這孩子一切順利，平安回來。」母親目送他離去，禱告著。

她完全沒想到，有一天她的兒子會變得很有名。就像你常在童話故事裡讀到的：
一個窮小子出發了。他什麼也沒有，只有聰明的頭腦和雄心壯志。

最後，他創造了自己的王國。

漢斯後來成為國王了嗎？

算是，也不算是。
他成為一位有名的作家，
彷彿有一個屬於自己的文字王國。

他的母親非常以他為榮，
如果他的父親還活著，
一定也會感到自豪。

漢斯是怎麼變得有名的？

他只不過是大都市裡
一個孤單的窮小子呀。

這是個好問題。他是如何辦到的?

起初,漢斯寫了一封信,
給皇家劇院的著名女舞者,
他要向那位女舞者推薦自己,
所以跑去找她。

為了展現他很熱愛表演,漢斯想都沒想,
就在女舞者面前又唱又跳,滿屋子跳躍。

那位女舞者心想:
可憐的孩子,他可能腦筋不太正常。

所以她叫漢斯走人。年輕的漢斯忍著淚水,在城市裡遊蕩。

不過漢斯並不氣餒，雖然沒有事先預約，
但他仍然去見了皇家劇院的導演。

導演非常驚訝，覺得漢斯勇氣可嘉，
所以同意漢斯為他和賓客們唱歌、讀詩。

現場所有人都被漢斯的聲音吸引，
漢斯獲得了熱烈的掌聲。
他幾乎不敢相信
這些高貴的女士與紳士竟然為他鼓掌！

劇場導演提供了一個免費的受訓機會，
漢斯開心得掉下眼淚。

終於，生命開始善待他。

漢斯租了一間
便宜的小房間。
一位善心的教授
找人贊助他一些錢，
讓他可以節儉度日。

當漢斯十五歲時，他變聲了，聲音變得又低沉又粗獷。
原本美妙高亢的歌聲，完全變了調。漢斯必須另找出路。

他寫了一篇短劇的劇本，並用偶戲臺演給一小群觀眾看。
一位劇場導演看到漢斯的表演，給了他一份劇場的工作。

在一次芭蕾舞劇中，他以丑角的身分登場。
漢斯非常開心，因為名字被印在節目單上！
甚至可以向觀眾鞠躬謝幕。

不過，漢斯真正喜歡的還是寫作。
一片片的紙張是他的舞臺，
他只要運用想像力，
任何可能與不可能的事，
都能發生。

從他的筆下誕生了
詩句、故事、童話和劇本。

後來，有一位很欣賞他的劇場導演，收養他並且資助他上學。
受了良好教育的漢斯，返回家鄉探望母親，
故鄉的人都以他為榮。窮困鞋匠的兒子，現在能被邀請到
王公貴族的家裡作客，深受眾人歡迎。

我越來越喜歡這個故事。

我也是，
而且這個生命故事
越來越精采！

漢斯寫了很多書，變得更有名。他到處旅行，也拜訪了許多他所嚮往的城市與國家。
他與許多名人見面，那些人也相當熱愛文學、音樂與戲劇。
不久以後，漢斯也跟那些名人一樣，受人敬重。

腓特烈六世　　　珍妮・林德　　　　　　　　　狄更斯　　　　　格林兄弟
（丹麥國王）　　（瑞典歌唱家）　　　　　　（英國小說家）　（德國童話作家）

艾莎靜默了一會兒。

我可以問你
一個問題嗎？

問吧，
別害羞。

那位漢斯，就是你，對不對？
你寫的故事都是親身經歷過的，還是編造出來的？

這是個好問題，不過很難回答，讓我想想看，該怎麼說。

那位男士凝望著車窗一會兒，馬車在鄉村道路上顛簸著。

有許多故事跟我的經歷或夢想有關，
我有一篇故事叫做〈飛箱〉，
講述一個小男孩坐在箱子裡，
乘著箱子飛走了。

小時候的我喜歡坐在老行李箱裡，
幻想箱子可以載我起飛，
飛到很遠很遠的地方。

我也寫過一個主角是個比拇指還嬌小的女孩的故事，
大家叫她拇指姑娘，她的床小到可以放進胡桃殼裡。
有一天，拇指姑娘騎在燕子的背上，往南方飛去，
她在南方遇見了身高和自己一樣的精靈王子。

我小時候也跟拇指姑娘一樣，
常常覺得自己很渺小、很無助。
我也很想騎在燕子背上，
飛到遠方……

還有另外一個故事，主角是一位很敏感的公主。
她睡覺的時候，連許多層被褥底下
放了一顆豌豆都能感覺到。

我承認，自己也是一個很敏感的人，
老實說，豌豆公主跟我有點相似。

我有一篇叫做〈醜小鴨〉的故事，
寫了一隻看起來不太一樣的小鴨子，
其他的鴨子都嘲笑牠，可是有一天
那隻小鴨子變成美麗的天鵝……

任何人都可以變得與眾不同
就像窮鞋匠的兒子，成為知名作家。

我還寫了一個叫〈笨漢漢斯〉的故事，
描述一位單純的男孩
贏得了公主的心。

事實上他既聰明又機智，
語言和幽默就是他的財富。

不過，我的故事並非都是自己的縮影。

有時童話故事就像一面鏡子，
你能用故事反映某些人的行為，
但他們卻渾然不覺。

在我的旅途中，曾經遇過很多人，
有些人以為自己與眾不同，特別聰明又高貴。
事實上，他們往往只是騙子和愛諂媚的人，
試圖以自己的方式獲得王子和國王的青睞。

在〈國王的新衣〉這個故事裡，
國王穿了一套只有聰明的人才看得見的衣服，
事實上，沒有這樣的服裝。
因為國王根本沒穿衣服！

沒有人願意承認自己看不見那套衣裳，
因為那就表示自己很愚笨。
不存在的衣服卻被大家大力誇讚，
國王因此聽到各種華麗的謊言⋯⋯

只有孩子們是真的聰明又誠實，
能夠說出事實的真相。

還記得有一個故事叫〈雪后〉，
那是講一個鐵石心腸的人。
長久以來，我遇過一些人，
他們的心就像被冰雪封住了。

幸運的是，在我的童話故事裡，
總會有魔法的力量，
可以讓冰封的心恢復活力。

魔法的力量好棒！你是不是也會魔法呢？
如果你能寫童話故事，你就一定會魔法吧？

對不對？

你說的沒錯，
你想看我變什麼樣的魔法呢？

路途好遙遠喔，我不想坐在馬車裡。
我希望現在立刻到達哥本哈根！
你可以讓馬車飛起來嗎？就像你故事裡的老皮箱一樣。

皮箱比馬車小，不過可以試試。
我們需要手牽手，
然後默想著一個
魔法詞彙。
都準備好了嗎？

現在，請閉上眼睛。

車廂內頓時一片沉寂。

車廂外馬匹的鼻息聲
夾雜著噠噠的馬蹄聲，
以及車輪轉動的聲響。

突然間，彷彿一陣疾風吹過，
整輛馬車輕輕晃動了一下，
接著輕盈的騰空而起。

飛向哥本哈根!

伴隨著某人的笑聲,
馬車靜靜的起飛,走遠了。

作者的話

漢斯‧克里斯汀‧安徒生，一八〇五年四月二日出生於丹麥的奧登賽，奧登賽是丹麥第二大島菲英島的首府。安徒生十四歲時，離開故鄉，經過一番努力，在詩、故事與劇本寫作上贏得名聲。

他年輕時經常旅行，範圍不限於故鄉丹麥，也遠至德國、義大利與法國。終其一生，安徒生都是一位活躍的旅行家，拜訪過許多國家。早期是搭乘驛馬車，後來則改搭火車。他曾說過：旅行即生活。

安徒生第一本為兒童書寫的童話集，誕生於一八三五年，署名為H.C.Andersen，他所有的出版品都使用這個名字。他連續發表了許多童話故事，例如〈打火匣〉、〈豌豆公主〉、〈國王的新衣〉、〈小錫兵〉、〈飛箱〉、〈野天鵝〉、〈醜小鴨〉及〈雪后〉。

今天，這些故事與安徒生的其他作品，都成為了世界文學的瑰寶。

一八五五年，他出版了《我的童話人生》，這是一本描寫童年的回憶錄。身為一位作家，安徒生極為成功，但他的私人生活卻極不安定。他經常搬家旅行，不曾結婚組成家庭。在人生最後幾年，雖然受人敬重，卻很孤寂，獨自住在哥本哈根。

一八七五年八月四日，安徒生過了七十歲生日的幾個月後，在某位友人於哥本哈根郊區的家中過世。今天，人們可以在丹麥首都市政廳的廣場看見他的雕像。世界各地也有許多紀念這位知名丹麥作家的紀念碑。

四月二日是他的生日，這天被訂為「安徒生日」，許多城市會在這天舉行兒童與青少年朗讀活動。以他命名的「國際安徒生獎」，每兩年頒發一次，表揚傑出的童書作家與插畫家。

這個獎項被視為兒童文學界的諾貝爾獎，主辦單位國際兒童圖書評議會 (IBBY) 是有七十多個國家成員的國際組織。另外還有一個由奧登賽主辦的「國際安徒生文學獎」，也是每兩年頒發一次。安徒生的名字因此永存。

但更重要的是，童話故事讓他永垂青史。他生前旅行時，經常帶著一口老皮箱，過世的時候，老皮箱也在他的床邊，彷彿準備好陪伴他最後的旅程。

在安徒生的童話〈飛箱〉中，有這麼一段文字：

這是一個神奇的箱子。只需把它的鎖按一下，這箱子就可以飛起來。
它真的飛起來了！
咻——箱子帶著他從煙囪裡飛出去了，高高的飛到雲層裡，越飛越遠。

飛行的老皮箱，依舊在空中飛翔。

就在我們閱讀的書頁中、聆聽的故事裡，
老皮箱正張開翅膀，帶領我們進入一段奇妙的童話旅程。

海茲‧雅尼許 Heinz Janisch

出生於奧地利居辛縣，在維也納攻讀德國文學及新聞學，一九八二年起在奧地利廣播公司工作，同時也是《人類形象》系列的編輯。他的兒童文學作品寫作對象分布各年齡層，曾榮獲多項文學獎，包括「奧地利兒童及青少年文學促進獎」及「波隆納拉加茲獎」，也曾被提名「德國青少年文學獎」。

瑪雅‧卡斯特利奇 Maja Kastelic

出生於斯洛維尼亞，也在此學習繪畫、哲學與視覺藝術理論。成為童書插畫家之前，她曾經擔任多年濕壁畫的修復師。作品曾獲得「德國白烏鴉獎」，也曾獲選展出於「波隆那插畫展」。

本書的插畫，參考了一些著名的兒童文學作品。
有些童書的知名角色也藏在書中，這是為了向經典致敬。

XBFL0002

安徒生的童話旅程

文｜海茲‧雅尼許 Heinz Janisch　圖｜瑪雅‧卡斯特利奇 Maja Kastelic　譯者｜游珮芸

字畝文化創意有限公司
社長兼總編輯｜馮季眉
責任編輯｜陳心方
美術設計｜蕭雅慧

出　　版｜字畝文化/遠足文化事業股份有限公司
發　　行｜遠足文化事業股份有限公司（讀書共和國出版集團）
地　　址｜231新北市新店區民權路108-2號9樓
電　　話｜(02)2218-1417
傳　　真｜(02)8667-1065
客服信箱｜service@bookrep.com.tw
網路書店｜www.bookrep.com.tw
團體訂購請洽業務部 (02) 2218-1417 分機1124
法律顧問｜華洋法律事務所　蘇文生律師
印　　製｜中原造像股份有限公司

2022年4月　初版一刷　定價：350元
2024年7月　初版二刷
ISBN 978-986-0784-90-9　書號：XBFL0002

Hans Christian Andersen. Die Reise seines Lebens
written by Heinz Janisch and illustrated by Maja Kastelic © 2020 NordSüd Verlag AG, CH-8050 Zurich/Switzerland

國家圖書館出版品預行編目(CIP)資料

安徒生的童話旅程／海茲‧雅尼許(Heinz Janisch) 文；瑪雅‧卡斯特利
奇(Maja Kastelic) 圖；游珮芸 譯. -- 初版. -- 新北市：字畝文化出版：
遠足文化事業股份有限公司發行, 2022.04
50 面；21.5×28 公分
譯自：Hans Christian Andersen : the journey of his life
ISBN 978-986-0784-90-9（精裝）
882.5596　　　110016505

特別聲明：有關本書中的言論內容，不代表本公司／出版集團之立場與意見，
文責由作者自行承擔。